Temi svolti per l'esame di maturità

Nuova Edizione per la prima prova dell'Esame di Stato

a cura di Andrea C.

ISBN 978-1-4478-5486-9

INDICE

Tema sulla guerra

La guerra economica

La guerra non è solo una questione di armi e soldati, ma anche una lotta per il controllo delle risorse naturali e del potere economico.

La guerra economica è diventata una potente arma nei conflitti armati contemporanei, le nazioni ricche e potenti utilizzano le risorse naturali per controllare e soggiogare le nazioni più deboli.

Le risorse naturali come il petrolio, il gas e le materie prime sono spesso al centro dei conflitti economici, poiché possono rappresentare una fonte di ricchezza per le nazioni che le possiedono.

In molti casi, i paesi più ricchi cercano di controllare le risorse con la forza militare. Durante la prima guerra del Golfo del 1990, gli Stati Uniti e i loro alleati hanno invaso l'Iraq per controllare le risorse petrolifere del paese.

Le guerre economiche non riguardano solo le risorse naturali, anche le guerre commerciali e le sanzioni economiche possono essere utilizzate per indebolire e controllare gli avversari. Sono conflitti che possono causare effetti devastanti per la popolazione civile, perché diffondono povertà e fame.

La guerra economica è un aspetto cruciale dei conflitti armati che merita particolare attenzione e comprensione. A volte può riguardare anche conflitti interni alla stessa nazione. Ad esempio, nel caso di una guerra civile i ribelli potrebbero smettere di lavorare interrompendo le attività economiche, questo porterebbe all'indebolimento del governo.

Anche i media possono essere utilizzati dalle nazioni potenti per manipolare l'opinione pubblica a proprio favore e giustificare le proprie azioni aggressive. Proprio come è accaduto in Russia nell'ultimo anno, i giornalisti che avevano un'opinione diversa sulla guerra di Vladimir Putin sono stati costretti ad abbandonare i loro programmi a favore di altri vicini al governo. Russia Today è considerata come una delle principali fonti della propaganda del governo russo.

Un altro aspetto è quello tecnologico, tanto che si potrebbe parlare a volte di cyber-guerra, quando le nazioni usano l'informatica per attaccare le infrastrutture critiche degli avversari, causando danni economici e sociali. Durante la guerra tra Russia e Ucraina abbiamo assistito all'intervento del movimento hacker Anonymous che, attraverso una serie di attacchi informatici, anche noti come attacchi DDos, hanno mandato in tilt diversi siti istituzionali russi.

La guerra economica può avere effetti ambientali devastanti, poiché le attività economiche e militari possono causare gravi danni all'ecosistema e alla biodiversità. Ad esempio, le attività estrattive possono causare la deforestazione e la contaminazione dell'acqua, mentre le attività militari possono causare la distruzione di aree protette e la morte di specie animali.

Per prevenire la guerra economica e le sue conseguenze, è importante che ci sia un'educazione e una comprensione della complessità dei conflitti economici e delle loro cause, in modo che l'opinione pubblica possa essere informata e non manipolata, e che ci sia una cooperazione internazionale per prevenire la cyber-guerra e proteggere le infrastrutture critiche.

La guerra economica è un fenomeno complesso che ha conseguenze profonde sulla società, l'economi a e l'ambiente. Capire i legami tra guerra, risorse naturali, ambiente e media è fondamentale per prevenire futuri conflitti e proteggere le popolazioni colpite

La guerra è inutile e dannosa e dovrebbe essere evitata a tutti i costi.

Tema sull'inquinamento

Unire le forze per un futuro pulito

L'inquinamento è uno dei problemi più pressanti della società moderna. Dalla contaminazione dell'aria e dell'acqua, alla proliferazione dei rifiuti, l'impatto umano sull'ambiente sta causando conseguenze sempre più gravi per la salute umana e per l'equilibrio del nostro pianeta. Ma non è troppo tardi per agire. Con una combinazione di cambiamenti individuali e politiche pubbliche più incisive, possiamo proteggere il nostro mondo per le future generazioni.

Dalle città più trafficate alle zone rurali, l'inquinamento sta minacciando la salute e la qualità della vita di miliardi di persone in tutto il mondo. Ma nonostante la sua vastità e la sua pervasività, l'inquinamento è un problema che possiamo affrontare e risolvere.

Per fare questo, dobbiamo essere disposti a fare alcuni cambiamenti nella nostra vita quotidiana. Possiamo cominciare riducendo i nostri sprechi, adottando pratiche sostenibili nella casa e sul lavoro, e facendo scelte consapevoli nei nostri acquisti quotidiani. Dobbiamo anche essere pronti a supportare le politiche pubbliche che mirano a ridurre l'inquinamento, come la promozione delle fonti di energia rinnovabile e la regolamentazione più rigorosa delle attività industriali dannose per l'ambiente.

Inoltre, dobbiamo essere pronti a mettere in discussione alcune delle nostre abitudini più radicate, come la nostra dipendenza dalla tecnologia e dai trasporti a motore. Questo significa considerare alternative come i mezzi di trasporto a basso impatto ambientale, come la bicicletta e i trasporti pubblici, e utilizzare la tecnologia in modo più responsabile e sostenibile.

In definitiva, l'inquinamento è un problema che possiamo e dobbiamo affrontare. Dobbiamo essere disposti a fare la differenza nella nostra vita quotidiana e a lavorare insieme per creare un mondo più pulito e più sostenibile per tutti. Solo allora potremo avere un futuro in cui la salute e la qualità della vita sono garantite per le generazioni future.

Greta Thunberg, la giovane attivista svedese, è diventata un simbolo globale della lotta contro l'inquinamento e i cambiamenti climatici. Con il suo messaggio potente e la sua determinazione, ha ispirato milioni di persone in tutto il mondo a unirsi alla sua causa e a fare la propria parte per proteggere il nostro pianeta.

La sua voce è diventata sempre più importante in un momento in cui la comunità internazionale sta finalmente prendendo sul serio l'emergenza climatica e cercando soluzioni per proteggere il nostro futuro. Con la sua forza e la sua dedizione, Greta Thunberg ha fatto in modo che la questione dei cambiamenti climatici non venga più ignorata o messa da parte, ma venga posta al centro della discussione politica e globale.

L'inquinamento non è solo un problema ambientale, ma anche una questione di giustizia sociale. Coloro che soffrono maggiormente delle conseguenze dell'inquinamento sono spesso le comunità più vulnerabili e meno rappresentate. È nostra responsabilità agire ora per proteggere il nostro mondo e garantire un futuro più sano e sostenibile per tutti. Dobbiamo unire le nostre forze per creare un mondo in cui l'aria sia pulita, l'acqua sia sicura da bere e la terra sia libera da contaminanti pericolosi. Solo allora potremo dire di aver fatto la scelta giusta per il nostro pianeta e per noi stessi.

Tema sul bullismo

Combattere il bullismo con l'empatia e la compassione

Il bullismo è un problema che colpisce milioni di persone in tutto il mondo e ha effetti duraturi sulla vita delle vittime. Dalle prese in giro alle minacce fisiche, il bullismo può causare ansia, depressione, isolamento sociale e persino idee suicide. Eppure, nonostante la sua vastità e la sua pervasività, il bullismo è un problema che possiamo affrontare e risolvere.

In una scuola media della mia città si è verificato un episodio di bullismo che ha coinvolto due studenti. Secondo le fonti, uno studente ha minacciato un compagno di classe, mettendolo in pericolo. La vittima ha riferito l'incidente ai responsabili della scuola, che hanno prontamente avviato un'indagine.

Dopo aver esaminato le prove, gli investigatori hanno arrestato lo studente accusato di aver commesso il reato. È stato accusato di molestie e intimidazioni e sarà ora processato in tribunale.

Questo episodio di bullismo è un esempio della gravità del problema e della necessità di prenderlo seriamente. La scuola ha dichiarato di essere impegnata a creare un ambiente sicuro e inclusivo per tutti gli studenti e sta lavorando con le autorità per garantire che gli studenti siano protetti da comportamenti negativi.

Per fare questo, dobbiamo essere disposti a cambiare il modo in cui pensiamo e agiamo nei confronti degli altri. Dobbiamo essere pronti ad ascoltare, comprendere e sostenere coloro che sono stati vittime di bullismo, e a riconoscere e affrontare il nostro ruolo nel perpetuare questo comportamento negativo. Inoltre, dobbiamo essere disposti a promuovere una cultura di empatia e compassione, in cui tutti sono rispettati e valorizzati per chi sono.

Per combattere il bullismo, dobbiamo anche lavorare insieme come società. Questo significa supportare le politiche pubbliche che mirano a prevenire e a gestire il bullismo, e garantire che tutti abbiano accesso a risorse e supporto per affrontare questo comportamento negativo. Inoltre, dobbiamo essere pronti a parlare apertamente del bullismo e a sensibilizzare la comunità sui suoi effetti negativi sulla vita delle vittime.

Il bullismo può assumere molte forme diverse, dalle prese in giro e alle intimidazioni, alle molestie fisiche e psicologiche. Ecco alcuni esempi di bullismo:

- Prese in giro: questo tipo di bullismo include il ridicolo di un individuo in base a aspetti come l'aspetto fisico, l'orientamento sessuale o le convinzioni personali.

- Intimidazione: questo tipo di bullismo include minacce verbali o fisiche, che possono causare ansia e paura nella vittima.

- Esclusione sociale: questo tipo di bullismo include l'esclusione volontaria di un individuo da un gruppo o dalle attività sociali.

- Molestie online: questo tipo di bullismo include l'uso di mezzi digitali, come i social media, per diffondere false informazioni o per molestare un individuo.

- Cyberbullismo: questo tipo di bullismo include l'utilizzo di tecnologie come smartphone e computer per molestare o intimidire un individuo.

Questi sono solo alcuni esempi delle molte forme che il bullismo può assumere. È importante riconoscere questi comportamenti e affrontarli, in modo da poter proteggere le vittime e creare un ambiente più sicuro e inclusivo per tutti.

In definitiva, il bullismo è un problema che possiamo e dobbiamo affrontare. Solo allora potremo avere un futuro in cui la gentilezza e l'empatia sono la norma, e il bullismo è un ricordo del passato.

Tema sulla mafia

La lotta contro la mafia: la storia di Peppino Impastato, Giuseppe Falcone e Paolo Borsellino

La mafia è una forza oscura che si insinua nella collettività, minando la stabilità e la sicurezza delle comunità che colpisce. Con la sua influenza subdola e il suo potere intimidatorio, la mafia è riuscita a plasmare la vita di molte persone, distorcendo i valori e i principi su cui si basa la società.

La mafia è una delle più potenti organizzazioni criminali al mondo, con radici profonde in molte parti dell'Italia. Tuttavia, ci sono state molte persone che hanno lottato contro questa organizzazione pericolosa, rischiando la loro vita per proteggere la giustizia e la libertà. Tra questi eroi, ci sono Peppino Impastato, Giuseppe Falcone e Paolo Borsellino.

Peppino Impastato è stato un attivista e giornalista che ha lottato contro la mafia nella sua città natale, Cinisi, in Sicilia. Nonostante le minacce e la violenza, Impastato ha continuato a denunciare i crimini della mafia e a promuovere la giustizia e la libertà. La sua morte tragica, avvenuta nel 1978, ha ispirato molte persone a continuare la lotta contro la mafia.

Giuseppe Falcone e Paolo Borsellino sono stati due magistrati italiani che hanno dedicato la loro vita a combattere la mafia. Utilizzando le loro conoscenze legali, hanno indagato sui crimini della mafia e hanno portato molte persone davanti alla giustizia. Tuttavia, la loro dedizione alla lotta contro la mafia ha avuto un prezzo elevato: entrambi sono stati uccisi in un attentato mafioso nel 1992.

La storia di queste tre figure rappresenta la lotta contro la mafia e il prezzo che molte persone sono disposte a pagare per proteggere la giustizia e la libertà. La loro eredità ci ricorda l'importanza della lotta contro la criminalità organizzata e ci ispira a continuare a combattere per un mondo più giusto e libero.

Nel corso degli anni, molte altre persone hanno continuato la lotta contro la mafia, a livello nazionale ed internazionale. Queste persone includono magistrati, poliziotti, attivisti e cittadini comuni che hanno unito le loro forze per combattere questa minaccia alla società.

Grazie ai loro sforzi, molte operazioni contro la mafia sono state effettuate con successo e molti membri della mafia sono stati arrestati e condannati. Tuttavia, la lotta contro la mafia è ancora una sfida quotidiana per molte comunità e paesi.

La lotta contro la mafia richiede la collaborazione tra le autorità, le organizzazioni della società civile e i cittadini. È importante che tutti noi lavoriamo insieme per prevenire e affrontare la criminalità organizzata e garantire un futuro più giusto e libero per tutti.

Mi ritorna in mente Giovanni Falcone quando diceva che "la mafia non è affatto invincibile; è un fatto umano e come tutti i fatti umani ha un inizio e avrà anche una fine".

Questa frase è molto vera e potente. Esprime l'idea che la mafia è un fenomeno umano che può essere sconfitto, a differenza di una forza soprannaturale o invincibile. Sottolinea anche l'importanza delle azioni rispetto alle parole, il che significa che è necessario agire per sconfiggere la mafia, piuttosto che solo parlare del problema.

Incoraggia a guardare alla lotta contro la mafia in modo positivo e ottimista, poiché si tratta di un fenomeno umano che può essere sconfitto, a condizione che le persone agiscano con coraggio e determinazione.

Tema sui Social Network

I social network: un mondo di connessioni, risate e…
sconosciuti strani!

I social network sono diventati una parte importante della nostra vita quotidiana. Ci permettono di connetterci con amici e familiari, condividere momenti speciali e scoprire nuove cose. Ma non solo. I social network sono anche una fonte inesauribile di intrattenimento e risate.

Prendete i meme, ad esempio. Quese immagini divertenti e spesso irriverenti sono diventati una vera e propria forma d'arte sui social network. Dalle parodie dei film alle caricature dei politici, i meme ci fanno ridere, riflettere e persino riflettere su questioni serie.

Ma i social network non sono solo risate. Sono anche un luogo dove incontriamo persone strane e strane. Ci sono quelli che pubblicano foto di gatti con commenti assurdi, quelli che condividono teorie del complotto bizzarre e quelli che ti inviano messaggi privati senza alcun motivo apparente.

In ogni caso, i social network sono un mondo pieno di sorprese e risate. Quindi, la prossima volta che ti senti giù, prendi il tuo telefono e dai un'occhiata ai tuoi feed sui social network. Chi sa, potresti incontrare un meme che ti farà ridere fino alle lacrime o uno sconosciuto che ti farà domandare: "Chi sei tu e perché mi hai appena inviato un messaggio?"

Ma proprio quando pubblichiamo informazioni su di noi su Facebook, ad esempio, stiamo mettendo in pericolo la nostra privacy. I dati che condividiamo, come le foto e le informazioni sulle nostre abitudini, possono essere utilizzati da aziende e governi per tracciare i nostri movimenti e prendere decisioni che influenzano la nostra vita.

Inoltre, i social network possono avere un impatto negativo sulla salute mentale delle persone. La comparazione continua con la vita degli altri, l'ansia sociale e la dipendenza dalla tecnologia sono solo alcuni dei problemi associati all'uso eccessivo dei social.

I social network possono essere una fonte di disinformazione e fake news. Con così tante fonti di informazione disponibili, è importante essere in grado di distinguere tra informazioni affidabili e informazioni false. Altrimenti, potremmo essere influenzati da opinioni errate e prendere decisioni sbagliate.

In sintesi, i social network sono un mondo divertente e pieno di risate, ma anche di preoccupazioni per la privacy, la salute mentale e la disinformazione. È importante che usiamo i social network in modo consapevole e che siamo informati sui loro lati negativi.

Dobbiamo essere consapevoli della loro capacità di influire sulla nostra privacy, salute mentale e comprensione del mondo che ci circonda. Dobbiamo anche essere in grado di distinguere tra informazioni affidabili e disinformazione. Possono essere una fonte di divertimento e benessere, ma solo se usati con moderazione e buon senso.

Tema sulla Disoccupazione Giovanile

"Combattere la disoccupazione giovanile: sfide e opportunità in Italia"

La disoccupazione giovanile in Italia rappresenta un problema di grande importanza per l'economia del paese e per la società in generale. La disoccupazione giovanile si riferisce alla situazione in cui le persone tra i 15 e i 24 anni non hanno un lavoro ma cercano attivamente un impiego. Questo fenomeno ha raggiunto proporzioni preoccupanti in Italia, con tassi che hanno superato il 30% in alcune regioni del paese.

Ci sono molte cause alla base della disoccupazione giovanile in Italia. Una delle principali è la mancanza di opportunità di lavoro. L'economia italiana ha subito una contrazione negli ultimi anni, e molte imprese hanno dovuto ridurre le dimensioni dei propri stabilimenti o addirittura chiudere i battenti. Questo ha comportato la riduzione del numero di posti di lavoro disponibili, rendendo più difficile per i giovani trovare un impiego.

Inoltre, molti giovani italiani non hanno le competenze e le esperienze richieste dal mercato del lavoro. La formazione scolastica in Italia è spesso disallineata con le esigenze del mercato del lavoro, e molte persone terminano gli studi senza avere le competenze e le conoscenze richieste dalle imprese. Questo rende più difficile per i giovani entrare nel mondo del lavoro e trovare un impiego stabile.

Infine, c'è una scarsa mobilità geografica dei giovani italiani. Molte persone sono riluttanti a trasferirsi in altre parti del paese o all'estero per cercare opportunità di lavoro, il che limita ulteriormente le possibilità di trovare un impiego.

Per affrontare questo problema, sono necessarie soluzioni a livello nazionale e regionale. Il governo dovrebbe investire in programmi di formazione e riqualificazione professionale per aiutare i giovani a acquisire le competenze e le conoscenze richieste dal mercato del lavoro. Inoltre, dovrebbero essere create opportunità di lavoro e di business per i giovani, ad esempio attraverso incentivi per le imprese che assumono giovani lavoratori o programmi di start-up.

Le regioni dovrebbero lavorare insieme per creare un mercato del lavoro integrato e una rete di opportunità per i giovani in tutto il paese. Questo potrebbe comportare la creazione di programmi di mobilità geografica per i giovani, che incoraggino e supportino la loro capacità di spostarsi in cerca di opportunità di lavoro.

Le università e le scuole dovrebbero collaborare con le imprese per garantire che la formazione scolastica sia allineata alle esigenze del mercato del lavoro. Questo potrebbe comportare l'introduzione di programmi di alternanza scuola-lavoro o stage aziendali, che permettano ai giovani di acquisire esperienze pratiche e di entrare in contatto con il mondo del lavoro.

In definitiva, la disoccupazione giovanile in Italia rappresenta un problema complesso e multifattoriale che richiede una risposta coordinata e integrata a livello nazionale e regionale. Dovrebbero essere adottate soluzioni innovative e sostenibili per aiutare i giovani a entrare nel mondo del lavoro e a trovare impieghi stabili e remunerativi. Solo così potremo garantire un futuro economico e sociale stabile per la generazione più giovane del paese.

Tema sulla droga

"La lotta alla dipendenza: una missione comune per un futuro migliore"

"La droga è una minaccia silenziosa che mina la salute, la stabilità e il futuro delle nostre comunità. Da un lato, l'accessibilità sempre maggiore a sostanze pericolose sta causando un'epidemia di dipendenza e di danni alla salute; dall'altro, la mancanza di risposte adeguate e coordinate sta rendendo difficile contrastare questo problema. Tuttavia, nonostante le sfide, la lotta alla droga è una missione comune che richiede un impegno comune. Con una risposta coordinata e integrata da parte delle autorità nazionali e internazionali, della società e dell'industria farmaceutica, possiamo proteggere la salute e il futuro delle nostre comunità.

Il fenomeno della droga è un problema globale che ha profonde conseguenze sulla salute, la sicurezza e la stabilità sociale dei singoli individui e delle comunità. La droga può distruggere le vite, causare dipendenza, aumentare il tasso di criminalità e compromettere la coesione sociale.

In tutto il mondo, le droghe illegali sono la principale fonte di criminalità organizzata e finanziano attività criminali, come il terrorismo e il traffico di esseri umani. La lotta alla droga è una sfida globale che richiede una risposta coordinata e integrata a livello nazionale e internazionale.

In Italia, il consumo di droghe illegali è un problema che riguarda soprattutto i giovani, che sono i principali consumatori di sostanze stupefacenti. La droga può avere effetti negativi sulla salute fisica e mentale dei giovani, compromettere il loro rendimento scolastico e limitare le loro opportunità di sviluppo personale e professionale.

Per combattere la droga, è necessario un approccio multidisciplinare che combini la repressione delle attività criminali con la prevenzione, la riduzione del danno e il trattamento della dipendenza. Questo potrebbe comportare la creazione di programmi di prevenzione e sensibilizzazione nelle scuole, la promozione di stili di vita sani e la disponibilità di trattamenti per la dipendenza a droghe.

È importante che le autorità nazionali e internazionali collaborino per ridurre la disponibilità delle droghe illegali e contrastare le attività criminali che le finanziano. Questo potrebbe comportare la cooperazione tra paesi per scambiare informazioni e condividere le migliori pratiche per la repressione delle attività criminali e il contrasto alla droga.

È fondamentale che la società nel suo insieme comprenda la gravità del problema della droga e si unisca nella lotta contro di essa. Questo potrebbe comportare l'educazione della comunità sui pericoli e le conseguenze del consumo di droghe, la promozione di stili di vita sani e la sensibilizzazione sull'importanza del supporto ai soggetti dipendenti.

L'industria farmaceutica e la ricerca scientifica hanno un ruolo importante nella lotta alla droga. La ricerca su nuovi trattamenti e cure per la dipendenza da droghe è fondamentale per aiutare le persone a superare la dipendenza e ricostruire le loro vite.

Inoltre, è necessario che le istituzioni internazionali e nazionali investano nella prevenzione, nella riduzione del danno e nei trattamenti per la dipendenza da droghe. Questo potrebbe comportare l'allocazione di fondi per la ricerca sulla droga, la creazione di programmi di prevenzione e trattamento e la promozione di un'educazione pubblica sui pericoli e le conseguenze del consumo di droghe.

In conclusione, la lotta alla droga è un impegno globale che richiede una risposta coordinata e integrata da parte delle autorità nazionali e internazionali, della società e dell'industria farmaceutica. Solo lavorando insieme e investendo in prevenzione, riduzione del danno e trattamento, possiamo contrastare il problema della droga e garantire un futuro più sicuro e stabile per tutti.

Tema sull'alcolismo

"Combattere l'oscurità dell'alcolismo: esplorando

cause, effetti e soluzioni"

"Il bere eccessivo è come una giostra che comincia in modo divertente, ma alla fine ti porta in un posto oscuro e pericoloso". Questa citazione di Helen Prejean, scrittrice e attivista americana, riassume perfettamente l'impatto distruttivo dell'alcolismo sulla vita delle persone. L'alcolismo non è solo una questione di scelta personale, ma una malattia seria e complessa che richiede trattamento e supporto.

L'alcolismo è un problema di salute pubblica globale che colpisce milioni di persone in tutto il mondo. L'abuso di alcol può causare danni irreparabili alla salute, alle relazioni interpersonali e alla stabilità sociale e finanziaria. Nonostante i rischi noti, l'alcolismo continua a essere un problema difficile da affrontare per molte comunità.

Uno degli effetti più visibili dell'alcolismo è il danno fisico. L'abuso cronico di alcol può portare a problemi di salute come cirrosi epatica, danni al cuore, problemi di memoria e problemi mentali. Inoltre, l'alcolismo può aumentare il rischio di incidenti stradali e di violenza, causando danni fisici e psicologici sia alle persone che ai loro cari.

L'alcolismo ha anche un impatto negativo sulle relazioni interpersonali. La dipendenza dall'alcol può causare tensioni e conflitti con amici e familiari, rendendo difficile mantenere relazioni sane e positive.

Inoltre, l'alcolismo può portare a problemi finanziari, poiché le persone possono spendere una quantità significativa di denaro per soddisfare la loro dipendenza.

Malgrado gli sforzi per ridurre l'abuso di alcol, l'alcolismo continua a essere un problema persistente. Ad esempio, la cronaca recente ha riportato casi di incidenti stradali causati da conducenti ubriachi e di violenza domestica legata all'alcol. Questi esempi mostrano l'impatto della dipendenza dall'alcol sulla comunità e la necessità di prendere ulteriori misure per ridurre l'abuso di alcol e aiutare coloro che ne soffrono.

Per affrontare l'alcolismo, è importante che le autorità pubbliche, le comunità e le famiglie lavorino insieme per fornire supporto e risorse ai soggetti dipendenti. Questo potrebbe comportare l'educazione sui pericoli dell'alcolismo, l'accesso a trattamenti e cure per la dipendenza e la promozione di stili di vita sani e sobri. È importante prestare attenzione ai segnali di allarme dell'alcolismo, come il bere in modo eccessivo o incontrollato, l'incapacità di smettere di bere nonostante i problemi causati dall'alcol e la negazione del problema. Se si sospetta che una persona soffra di alcolismo, è fondamentale offrirle il sostegno e l'aiuto di cui ha bisogno per intraprendere il percorso verso la guarigione.

Esistono molte opzioni di trattamento per l'alcolismo, tra cui terapia individuale o di gruppo, supporto da parte di gruppi come Alcolisti Anonimi e trattamento farmacologico. Il trattamento può essere personalizzato per soddisfare le esigenze individuali di ciascun paziente e aiutarlo a raggiungere una vita sobria.

È importante che la società riconosca l'alcolismo come una malattia e non come una scelta personale. Questo significa che le persone che soffrono di alcolismo dovrebbero essere trattate con comprensione e rispetto, non con giudizio o vergogna. La sensibilizzazione sull'alcolismo e la sua impattante aiuterà a eliminare lo stigma associato alla malattia e a incoraggiare le persone a cercare aiuto.

In sintesi, l'alcolismo è un problema serio e complesso che richiede un impegno continuo da parte di tutti noi per affrontarlo e aiutare coloro che ne soffrono. Attraverso l'educazione, il supporto e l'accesso a trattamenti efficaci, possiamo fare la differenza nella vita delle persone affette da alcolismo e nella nostra comunità.

Tema sulla cannabis

"La legalizzazione della cannabis: una svolta epocale nella società moderna?"

La cannabis è una delle sostanze più controverse e discusse del nostro tempo. Da una parte, viene utilizzata come medicinale per trattare una vasta gamma di condizioni mediche, dall'altra viene stigmatizzata come droga pericolosa e illecita.

La cannabis è una pianta che contiene principi attivi come il THC e il CBD. Il THC è responsabile dei suoi effetti psicotropi, mentre il CBD ha proprietà medicinali. La cannabis viene utilizzata per trattare una vasta gamma di condizioni, tra cui dolore cronico, ansia, depressione, disturbi del sonno e anche per trattare i sintomi della malattia di Parkinson e della sclerosi multipla.

Molti esperti in medicina e scienze hanno espresso una posizione positiva sulla cannabis e il suo potenziale terapeutico. Ad esempio, il Dr. Sanjay Gupta, neurochirurgo e giornalista medico, ha affermato che "la cannabis ha dimostrato di avere proprietà mediche reali e meritevoli di ulteriori studi e sviluppo di trattamenti medici".

Anche altri esperti in scienze della salute hanno sottolineato che la cannabis può essere un'opzione di trattamento sicura ed efficace per diverse condizioni mediche, soprattutto quando altri trattamenti non hanno funzionato. Inoltre, alcuni studi hanno dimostrato che la cannabis può avere effetti positivi sulla qualità della vita dei pazienti con dolore cronico, ansia e depressione.

Ci sono molti Stati negli USA e in altri paesi che hanno legalizzato la cannabis per uso medico o ricreativo. Ad esempio, in California è stata legalizzata per uso medico nel 1996 e per uso ricreativo nel 2016.

In Europa, nei Paesi Bassi, la cannabis è stata decriminalizzata per l'uso ricreativo negli "coffee shop" autorizzati.

Tuttavia, l'uso eccessivo o incontrollato di cannabis può avere effetti negativi sulla salute mentale e fisica, come ansia, paranoia, perdita di memoria a breve termine e problemi di coordinazione. Inoltre, l'uso prolungato di cannabis può aumentare il rischio di dipendenza e peggiorare problemi di salute mentale preesistenti.

Ci sono anche molte preoccupazioni da parte di alcuni esperti sugli effetti negativi dell'uso non medico della cannabis. Ad esempio, il Dr. Nora Volkow, direttore del National Institute on Drug Abuse, ha espresso preoccupazione per gli effetti sulla salute del cervello, in particolare sullo sviluppo cognitivo e sulle capacità di memoria a lungo termine.

Per quanto riguarda la legalizzazione della cannabis, la questione è ancora controversa. Alcuni paesi e stati hanno legalizzato la cannabis per uso medicinale o ricreativo, mentre altri la considerano ancora illegalmente.

La questione della cannabis è complessa e richiede una comprensione approfondita dei suoi effetti sulla salute e sulla società. In questo tema, esploreremo le diverse prospettive sulla cannabis, dalle sue proprietà medicinali alle preoccupazioni sulla salute e la sicurezza, dalle politiche di legalizzazione alle implicazioni sociali e culturali.

La cannabis è una questione che riguarda non solo la salute individuale, ma anche la salute pubblica e la sicurezza sociale. È importante che continuiamo a discutere e a esplorare questo argomento in modo informato e aperto per prendere decisioni informate su come gestire questa sostanza nella società.

La cannabis è una sostanza controversa che continua a suscitare opinioni divergenti sia da parte degli esperti che della società. Da un lato, ci sono molte prove che suggeriscono che la cannabis ha proprietà terapeutiche che possono aiutare a trattare una vasta gamma di condizioni mediche. Dall'altro lato, ci sono anche molte preoccupazioni sugli effetti negativi dell'uso non medico di cannabis sulla salute e sulla società.

È importante notare che, come con qualsiasi altra sostanza, l'uso di cannabis deve essere accuratamente valutato e regolamentato per garantire che venga utilizzato in modo sicuro ed efficace. Solo attraverso ulteriori ricerche e una maggiore comprensione dei potenziali effetti della cannabis, possiamo continuare a sviluppare una comprensione più completa di questa sostanza complessa e di come possa essere utilizzata in modo sicuro e responsabile.

Tema sull'eutanasia

"Eutanasia: il dibattito tra moralità e legalità"

L'eutanasia è un tema che suscita molte discussioni e controversie in tutto il mondo. Da un lato, ci sono coloro che sostengono che l'eutanasia sia un atto di compassione che permette a una persona di porre fine a una sofferenza insostenibile. Dall'altro lato, ci sono coloro che sostengono che l'eutanasia rappresenti una minaccia per la vita umana e sia moralmente scorretta. In questo tema esploreremo il dibattito sull'eutanasia attraverso l'analisi dei casi di Eluana Englaro e DJ Fabo.

Eluana Englaro è stata una giovane donna italiana che è stata in coma vegetativo per 17 anni. La sua famiglia ha lottato per anni per ottenere il diritto all'eutanasia per porre fine alla sua sofferenza, ma il loro caso ha sollevato molte questioni morali e legali. Da un lato, la famiglia ha sostenuto che Eluana avesse il diritto di porre fine alla sua sofferenza, e che l'eutanasia sarebbe stata un atto di compassione. Dall'altro lato, molti oppositori hanno sostenuto che l'eutanasia fosse una minaccia per la vita umana e che sarebbe stata moralmente scorretta.

DJ Fabo, anche conosciuto come Fabiano Antoniani, era un DJ italiano che ha vissuto con una malattia degenerativa che lo ha lasciato completamente paralizzato. DJ Fabo ha lottato per anni per ottenere il diritto all'eutanasia e porre fine alla sua sofferenza, ma anche in questo caso il suo caso ha sollevato molte questioni morali e legali. Da un lato, DJ Fabo ha sostenuto di avere il diritto di porre fine alla sua sofferenza, e che l'eutanasia sarebbe stata un atto di compassione. Dall'altro lato, molti oppositori hanno sostenuto che l'eutanasia fosse una minaccia per la vita umana e che sarebbe stata moralmente scorretta.

In entrambi i casi, il dibattito sull'eutanasia ha sollevato molte questioni morali e legali che continuano a essere dibattute e risolte. La questione dell'eutanasia è complessa e controversa, e richiede una comprensione profonda delle questioni morali e legali coinvolte. In definitiva, la decisione sull'eutanasia dovrebbe essere basata sulla valutazione di tutti i fatti pertinenti e sulla considerazione delle esigenze e dei desideri della persona interessata, oltre che sul ispetto per la dignità umana e la protezione dei diritti individuali.

Per quanto riguarda il caso di Eluana Englaro, la sua morte ha suscitato molte polemiche e discussioni. Da un lato, alcune persone sostengono che la decisione di sospendere le cure era giusta e che Eluana aveva il diritto di morire dignitosamente. D'altro canto, molti altri hanno espresso preoccupazione per le implicazioni morali e legali dell'eutanasia e hanno sostenuto che la vita umana deve essere protetta ad ogni costo.

Anche nel caso di Fabiano Antoniani, noto come DJ Fabo, la questione dell'eutanasia ha sollevato molte questioni morali e legali. Fabo era un DJ noto a livello nazionale che aveva subito un incidente stradale che lo aveva lasciato in stato vegetativo. La sua richiesta di morire con dignità attraverso l'eutanasia ha sollevato molte preoccupazioni e ha fatto emergere molte questioni sul significato della vita e sui limiti della medicina.

In entrambi i casi, è evidente che la questione dell'eutanasia è complessa e richiede una comprensione profonda delle questioni morali e legali coinvolte.

La decisione sull'eutanasia dovrebbe essere basata su una valutazione equa e imparziale di tutti i fatti pertinenti e sulla considerazione delle esigenze e dei desideri della persona interessata, oltre che sul rispetto per la dignità umana e la protezione dei diritti individuali.

Tema sull'olocausto

"Memorie dalle Tenebre: riflessioni sull'Olocausto"

L'Olocausto è uno dei periodi più bui e tragici della storia umana, in cui milioni di ebrei, zingari, omosessuali e altre minoranze furono perseguitati e uccisi dal regime nazista durante la Seconda Guerra Mondiale. La testimonianza più commovente di questo orrore è stata lasciata dal chimico italiano Primo Levi, sopravvissuto all'Olocausto e autore di diversi libri che descrivono la sua esperienza nei campi di concentramento.

Nel suo libro "Se questo è un uomo", Levi descrive con vivida precisione la vita quotidiana nei campi di concentramento, dove la morte era una presenza costante e la sopravvivenza dipendeva da una combinazione di fortuna e astuzia. Egli affronta anche le questioni morali e filosofiche sollevate dall'Olocausto, esplorando la natura umana e la capacità di resistere alla sofferenza e all'oppressione.

Un altro libro di Levi, "La tregua", descrive la sua esperienza di viaggio verso casa dopo la liberazione dei campi di concentramento e le difficoltà che ha incontrato nel cercare di riprendere la sua vita precedente. Anche in questo libro, Levi affronta questioni di profondo significato morale e filosofico, esplorando la natura umana e la capacità di trovare speranza e redenzione dopo aver subito un trauma così grande.

Le parole di Primo Levi offrono una finestra unica sull'Olocausto e sul suo impatto sulla vita umana. Attraverso la sua prosa poetica e commovente, Levi ci offre un monito sulla necessità di combattere l'intolleranza e la discriminazione in ogni forma, affinché eventi simili non accadano mai più. La sua testimonianza è un ricordo potente della capacità umana di resistere all'orrore e alla sofferenza, e di trovare speranza e redenzione anche nei momenti più bui.

L'Olocausto è uno dei più grandi crimini contro l'umanità nella storia del mondo. Durante la seconda guerra mondiale, circa 6 milioni di ebrei e altre minoranze, come i Rom, i disabili e gli omosessuali, furono sistematicamente uccisi dalle forze naziste. Questo genocidio rappresenta un periodo buio nella storia umana e continua a essere una fonte di grande orrore e shock.

Gli storici concordano sul fatto che l'Olocausto sia stato il risultato della combinazione di diversi fattori, tra cui l'antisemitismo storico e la propaganda del Terzo Reich, la crisi economica e politica della Germania, e la guerra stessa. Molti storici hanno anche messo in luce la complessità e la crudeltà del sistema nazista di concentramento e di sterminio, nonché la responsabilità delle autorità tedesche nell'orchestrare e attuare questi crimini.

Il campo di concentramento di Auschwitz è stato uno dei più grandi e noti campi di sterminio nazisti durante la Seconda Guerra Mondiale. Fu costruito nel 1940 nei pressi di Oswiecim, in Polonia, ed è stato utilizzato per l'internamento, la deportazione e l'eliminazione di milioni di ebrei, prigionieri di guerra, oppositori politici, omosessuali, zingari e altri gruppi considerati "indesiderabili" dal regime nazista.

Auschwitz è diventato sinonimo di terrore e di sofferenza inenarrabile. Le stime parlano di circa 1,1 milioni di persone deportate nel campo, di cui circa 1 milione sono state uccise. I prigionieri sono stati sottoposti a una serie di torture e maltrattamenti, tra cui lavori forzati, malnutrizione e malattie, oltre alle esecuzioni sistematiche nei gas chamber.

Gli storici considerano Auschwitz come uno dei simboli più potenti dell'Olocausto e come un monito per le future generazioni affinché possano imparare dal passato e prevenire la ripetizione di simili atrocità.

Oltre ai dati storici, molte voci individuali dei sopravvissuti all'Olocausto, come le parole di Primo Levi, forniscono una prospettiva unica e commovente sulla gravità di questo evento.

Queste testimonianze personali ci ricordano l'importanza di continuare a ricordare l'Olocausto e di prendere provvedimenti per prevenire futuri crimini contro l'umanità.

L'Olocausto rappresenta uno dei periodi più bui della storia umana. La perdita di milioni di vite innocenti a causa delle azioni malvagie e del razzismo dilagante è una ferita che non può essere facilmente guarita. Il campo di concentramento di Auschwitz, in particolare, rappresenta un monito per le generazioni future riguardo alle conseguenze dell'odio e dell'intolleranza. La perdita di vite umane e la sofferenza inflitta sono inenarrabili e rappresentano una tragica testimonianza delle conseguenze del razzismo e dell'intolleranza. È fondamentale che continuiamo a ricordare e a onorare la memoria di coloro che sono stati vittime dell'Olocausto, al fine di prevenire che simili atrocità accadano di nuovo in futuro. La pace e la comprensione tra le persone di tutte le culture, religioni e razze devono essere sempre al centro delle nostre azioni e dei nostri pensieri.

Tema sul terrorismo

"La lotta al terrorismo: un impegno globale"

Il terrorismo è una delle più grandi minacce per la pace e la sicurezza internazionali. Negli ultimi decenni, ci sono stati numerosi attacchi terroristici in tutto il mondo, tra cui l'attentato alle Torri Gemelle di New York nel 2001, l'attentato a Barcellona nel 2017 e gli attacchi in Francia del 2015 e del 2016.

L'attentato alle Torri Gemelle è stato uno dei più grandi attacchi terroristici della storia. L'11 settembre 2001, due aerei sequestrati da terroristi sono stati fatti schiantare contro le Torri Gemelle del World Trade Center a New York, causando la morte di oltre 2.600 persone e il ferimento di migliaia di altre. L'attentato ha avuto un impatto duraturo sulla sicurezza internazionale e ha reso gli Stati Uniti più sensibili alla minaccia del terrorismo.

L'attentato a Barcellona nel 2017 ha visto un camion utilizzato come arma per attaccare una folla di persone nelle strade affollate della città spagnola, uccidendo 15 persone e ferendone oltre 130. Questo attacco ha suscitato un'ondata di sgomento e di dolore in tutto il mondo, e ha confermato la minaccia del terrorismo su scala globale.

Gli attacchi in Francia del 2015 e del 2016 hanno visto il paese colpito da serie di attacchi a Parigi e in altre città francesi. L'attentato più mortale è stato quello al teatro Bataclan a Parigi, dove un gruppo di terroristi ha aperto il fuoco sulla folla, uccidendo 89 persone e ferendone decine di altre. Questi attacchi hanno portato la Francia a rafforzare la sua lotta contro il terrorismo, e hanno portato il paese e il mondo a riflettere sulla minaccia del terrorismo.

In generale, il terrorismo rappresenta una minaccia costante per la pace e la sicurezza globale. L'eliminazione del terrorismo richiede un impegno internazionale coordinato e una forte volontà politica per combattere questa minaccia globale.

Inoltre, è importante comprendere le cause profonde che alimentano il terrorismo, come l'instabilità politica, la povertà, l'oppressione, l'ingiustizia e l'impotenza. Soltanto affrontando queste cause fondamentali si può prevenire la diffusione del terrorismo.

È altresì importante notare che il terrorismo ha effetti a lungo termine sulla società e sui singoli individui. Le vittime del terrorismo sono spesso traumatizzate a vita dalle esperienze vissute, e le conseguenze psicologiche e sociali possono essere durature. Inoltre, l'attuazione di misure di sicurezza estreme e la restrizione della libertà individuale possono avere effetti negativi sulla vita delle comunità colpite dal terrorismo.

Per questo motivo, è fondamentale che la comunità internazionale lavori insieme per prevenire e combattere il terrorismo in modo coerente con i valori fondamentali della pace, della giustizia e dei diritti umani. L'obiettivo finale deve essere quello di creare un mondo più sicuro e stabile, in cui le persone possano vivere liberamente senza il timore di essere vittime di atti terroristici.

Gli attentati terroristici possono causare danni irreparabili a una società, sia in termini di vite umane perse che di danni economici e psicologici. Per prevenire il terrorismo, è importante comprendere le motivazioni che spingono le persone a compiere atti terroristici e sviluppare strategie per prevenire la radicalizzazione. Inoltre, è importante che le autorità di tutto il mondo lavorino insieme per identificare e neutralizzare le minacce terroristiche, adottando misure di sicurezza adeguate e garantendo che i gruppi terroristici siano privati dei loro mezzi finanziari e del loro supporto logistico.

Inoltre, è importante che le società civili si uniscano per combattere il terrorismo, incoraggiando la tolleranza, il dialogo interculturale e l'educazione alla pace. La lotta contro il terrorismo deve essere condotta con mezzi pacifici e legali, evitando di ricorrere a azioni di rappresaglia o a politiche che possano alimentare ulteriormente l'odio e la divisione.

In conclusione, la lotta contro il terrorismo richiede un impegno globale, coordinato e sostenibile da parte di tutte le parti interessate. Dobbiamo essere pronti a lavorare insieme per prevenire ulteriori attacchi e garantire che i valori fondamentali di pace, libertà e giustizia prevalgano sulla violenza e la paura.

Tema sulle stragi di piombo

"Ripercorrendo gli anni delle stragi di piombo"

Le stragi di piombo sono una triste pagina della storia italiana che ha colpito profondamente la società italiana negli anni '70 e '80. Questi attentati terroristici hanno causato la morte di decine di persone innocenti e hanno lasciato un segno indelebile nella memoria collettiva del paese.

Le stragi di piombo sono state commesse da gruppi estremisti di destra e di sinistra che hanno cercato di influire sulla politica e sulla società attraverso l'uso della violenza. Gli attacchi hanno colpito luoghi pubblici come piazze, stazioni ferroviarie e aeroporti, causando morte e distruzione indiscriminata.

Gli anni '70 e '80 in Italia sono stati segnati da una forte tensione politica e sociale, con proteste studentesche e movimenti sindacali che hanno sfidato il sistema politico esistente. Questo clima di incertezza e instabilità ha dato vita a gruppi estremisti che hanno cercato di influire sulla politica attraverso l'uso della violenza.

Una delle più note è sicuramente la strage di Bologna del 2 agosto 1980, quando una bomba esplosa alla stazione ferroviaria causò la morte di 85 persone e il ferimento di oltre 200. Questo evento fu uno dei più sanguinosi della storia italiana, scosse il paese e suscitò indignazione e sdegno a livello nazionale e internazionale.

Le indagini sulle cause dell'attentato sono state lunghe e complesse e hanno visto la partecipazione di numerose forze di polizia e servizi segreti. La maggior parte degli esperti concorda sul fatto che la strage fosse il risultato di una cospirazione di estrema destra, ma non è stata mai identificata una persona o un gruppo responsabile.

Le testimonianze dei sopravvissuti e dei familiari delle vittime descrivono una scena di caos e distruzione. Un testimone ha descritto di aver sentito un forte boato e di essere stato scaraventato a terra dalla forza dell'esplosione. Altri hanno descritto scene di persone ferite che cercavano disperatamente di fuggire dalla stazione, con il sangue che scorreva per le strade.

I familiari delle vittime hanno descritto il dolore e la sofferenza che hanno subito a causa della strage.

Alcuni hanno perso figli, fratelli o coniugi, e hanno dovuto affrontare il dolore della loro perdita e la lotta per ottenere giustizia.

Le indagini sulle stragi di piombo sono state lunghe e difficili, e molti dei responsabili non sono stati ancora portati alla giustizia. Nonostante ciò, la società italiana ha dimostrato una forte volontà di superare questo periodo oscuro della sua storia e di costruire un futuro pacifico e democratico.

Oggi, le stragi di piombo rappresentano un monito per tutti noi sulla pericolosità dell'estremismo e sulla necessità di combattere la violenza e la discriminazione in ogni forma. La memoria delle vittime e il rifiuto della violenza sono il nostro impegno per costruire un futuro più pacifico e giusto per tutti.

Tema sul coronavirus

La Pandemia del Coronavirus: Voci Contrastanti
Tra Medici, Opinionisti e Negazionisti

Il coronavirus è diventato una delle questioni più controverse e dibattute degli ultimi tempi. Mentre alcuni medici e scienziati stanno lavorando duramente per trovare una cura e prevenire la diffusione del virus, altri opinionisti e negazionisti sostengono che il virus non sia altro che una bufala orchestrata dai governi per controllare la popolazione.

Il coronavirus (COVID-19) è stato identificato per la prima volta alla fine del 2019 a Wuhan, in Cina. Inizialmente, la malattia è stata trasmessa dai pipistrelli ai maiali e poi ai seres umani, causando un'epidemia che ha colpito rapidamente l'intero mondo.

Nelle prime fasi della pandemia, il virus si è diffuso rapidamente in Asia e poi in Europa, causando un aumento vertiginoso dei casi e delle morti. I governi di tutto il mondo hanno reagito limitando i viaggi e imponendo lockdowns per cercare di frenare la diffusione del virus.

Nel frattempo, i medici e gli scienziati hanno lavorato instancabilmente per comprendere la natura del virus e sviluppare un vaccino efficace. Questo sforzo globale ha portato alla disponibilità di diversi vaccini altamente efficaci, che sono stati somministrati in tutto il mondo per proteggere la popolazione dalla malattia.

"Il COVID-19 sta mettendo alla prova la nostra capacità di cooperare a livello globale e di far fronte a una crisi sanitaria. Dobbiamo lavorare insieme per sconfiggere questo virus e garantire un futuro più sano per tutti noi." Questa è una dichiarazione del dottor Anthony Fauci, direttore del National Institute of Allergy and Infectious Diseases degli Stati Uniti e uno dei più importanti esperti in materia di COVID-19.

In Italia durante la pandemia da COVID-19, sono state introdotte diverse misure per contrastare la diffusione del virus e proteggere la salute pubblica. Queste misure includono:

Lockdown nazionale: nel marzo 2020, l'Italia è stata una delle prime nazioni al mondo a introdurre un lockdown nazionale per fermare la diffusione del virus.

Limitazioni sugli spostamenti: durante il lockdown e in seguito, sono state introdotte restrizioni sugli spostamenti, come la chiusura di negozi non essenziali e la limitazione degli spostamenti fuori dalla propria abitazione.

Mascherine: l'utilizzo di mascherine è diventato obbligatorio in molte situazioni pubbliche, come mezzi di trasporto, luoghi affollati e luoghi di lavoro.

Test e tracciamento: sono stati intensificati i programmi di test e tracciamento per identificare i casi di COVID-19 e impedire la diffusione del virus.

Riorganizzazione dei sistemi sanitari: i sistemi sanitari italiani sono stati riorganizzati per affrontare l'aumento dei casi di COVID-19, compreso l'incremento dei posti letto in terapia intensiva e l'assunzione di personale medico supplementare.

Nonostante questi sforzi, la pandemia ha continuato a diffondersi e ha causato un numero crescente di morti e di sofferenze umane. Molti opinionisti e medici hanno discusso la necessità di ulteriori misure per prevenire la diffusione del virus, tra cui la vaccinazione di massa e la continua limitazione dei viaggi.

Tuttavia, ci sono anche negazionisti che hanno contestato la realtà della pandemia, negando la sua esistenza o minimizzando la sua gravità. Questi negazionisti hanno sostenuto che la pandemia è una invenzione dei media o un complotto delle autorità per controllare la popolazione.

La negazione della pandemia di COVID-19 e delle sue conseguenze è stata ampiamente condannata da esperti sanitari e scientifici a livello globale. È importante basare le nostre opinioni e le nostre azioni su informazioni affidabili e verificate da fonti attendibili, al fine di proteggere la salute e la sicurezza pubblica.

La pandemia di coronavirus ha rappresentato una delle sfide più grandi che il mondo abbia mai affrontato, causando una profonda crisi sanitaria e umana. Tuttavia, attraverso la cooperazione globale e l'impegno dei medici e degli scienziati, la pandemia è stata affrontata con successo e si sta lentamente superando.

Tema sul femminicidio

"Combattere il femminicidio: dalla consapevolezza all'azione concreta"

Il femminicidio è una delle forme più brutali e brutali di violenza contro le donne. Si tratta di una questione complessa e multidimensionale che riguarda non solo la violenza fisica, ma anche la discriminazione di genere, la mancanza di parità di genere e la mancanza di supporto sociale per le vittime.

In molte parti del mondo, le donne sono ancora sottoposte a discriminazione, violenza e oppressione quotidiana. La violenza domestica e il femminicidio sono due forme estreme di questa violenza, ma la discriminazione e la mancanza di parità di genere sono presenti in molte altre forme nella vita quotidiana delle donne.

La questione del femminicidio è stata al centro dell'attenzione in tutto il mondo negli ultimi anni, grazie a una maggiore consapevolezza e all'impegno dei movimenti femministi e delle organizzazioni internazionali per la difesa dei diritti delle donne. Tuttavia, nonostante i progressi compiuti in alcune parti del mondo, il femminicidio rimane una questione seria e persistente che richiede un impegno costante per la sua eliminazione.

Per combatterlo, è necessario agire su più fronti. Ciò include la sensibilizzazione e la formazione delle donne e della società in generale sulle questioni di genere e sulla parità di genere, nonché sulla prevenzione e il contrasto alla violenza contro le donne. Inoltre, è importante fornire supporto e protezione alle vittime di femminicidio, incluso l'accesso a servizi di assistenza e di protezione, nonché la possibilità di denunciare gli abusi e ottenere giustizia.

In Italia, uno dei casi più noti è quello di Chiara Poggi, una studentessa universitaria uccisa nel 2002 dal suo ex fidanzato. La morte di Chiara ha scosso il paese e ha portato alla creazione di una legge che porta il suo nome, la legge Poggi, che mira a proteggere le donne dalla violenza domestica.

Un altro caso molto noto è quello di Melania Rea, una giovane madre di tre figli che è stata uccisa dal suo compagno nel 2011. La morte di Melania ha scatenato una vasta discussione sulla violenza contro le donne e ha portato a una maggiore attenzione sulla necessità di proteggere le donne dalla violenza domestica.

Questi sono solo due esempi dei molti casi che si sono verificati in Italia.

La legge del 2013 sulla parità e contro la violenza di genere ha introdotto nuove misure per prevenire e contrastare la violenza di genere, tra cui l'istituzione di un numero di emergenza nazionale contro la violenza di genere e la creazione di percorsi protetti per le vittime di violenza domestica.

Esistono molte organizzazioni e centri che offrono supporto alle vittime di violenza di genere e lavorano per prevenire il femminicidio. Un esempio di questi centri è il "Centro antiviolenza Donne Insieme contro la violenza", fondato nel 1989, che offre supporto psicologico, legale e materiale alle donne vittime di violenza. Questo centro lavora con una rete di partner per garantire che le vittime di violenza abbiano accesso ai servizi di cui hanno bisogno e che possano uscire da situazioni pericolose. Il centro si impegna anche a sensibilizzare la società sulla questione della violenza contro le donne e a promuovere un cambiamento culturale che promuova l'uguaglianza di genere e la prevenzione della violenza.

Esiste un numero verde contro il femminicidio, gestito dal Ministero per le Pari Opportunità, che offre supporto e consulenza alle donne che sono vittime di violenza.

Tuttavia, nonostante gli sforzi, questo problema persiste e continua a essere una minaccia.

Una vera e propria tragedia che colpisce donne di tutto il mondo. La violenza contro le donne non può più essere ignorata o accettata come parte della vita quotidiana. È importante continuare a lavorare per sensibilizzare la società su questo problema, per proteggere le donne da questa forma di violenza e per garantire che coloro che sono responsabili di questi crimini vengano giudicati e puniti. Inoltre, è fondamentale fornire supporto e risorse alle vittime, per aiutarle a riprendere il controllo della loro vita e a superare queste esperienze traumatiche.

Tema sull'omofobia

"Lotta contro l'omofobia: il cammino verso la parità
e la dignità per tutte le persone"

L'omofobia rappresenta una forma di discriminazione e violenza basata sull'orientamento sessuale e l'identità di genere di una persona. Questo fenomeno è diffuso in tutto il mondo e comporta gravi conseguenze per le comunità LGBTQIA+ a livello personale, sociale e legale.

L'omofobia può assumere molte forme, dalla discriminazione verbale e fisica alla negazione dei diritti umani fondamentali. Può influire sulla salute mentale, la sicurezza e la qualità della vita di una persona. In molti paesi, l'omofobia è ancora accettata e addirittura legalmente protetta, rendendo difficile per le comunità ottenere protezione e giustizia.

In tutto il mondo, attivisti, gruppi di supporto e organizzazioni internazionali stanno lavorando per sensibilizzare l'opinione pubblica e combattere l'omofobia. Questo include l'educazione e la formazione per promuovere l'accettazione e la comprensione, oltre all'adozione di leggi che tutelino i diritti delle persone.

Tuttavia, ancora molto deve essere fatto per porre fine all'omofobia. È importante che tutti noi ci impegniamo a combattere questa forma di discriminazione e a creare un mondo inclusivo e accettante per tutti. La lotta contro l'omofobia deve essere una priorità per garantire la parità e la dignità per tutte le persone, indipendentemente dall'orientamento sessuale e dall'identità di genere.

Nel 2009 a New York, un uomo gay è stato picchiato a morte da un gruppo di uomini in un attacco omofobico. Questo attacco ha scatenato proteste e manifestazioni per chiedere maggiori protezioni per la comunità.

In Italia, nel 2018, un giovane gay è stato aggredito in un parco a Roma da un gruppo di uomini che lo hanno picchiato e insultato per il suo orientamento sessuale. Questo attacco ha suscitato una forte reazione da parte della comunità LGBTQ+ e dei loro alleati, che hanno organizzato manifestazioni per denunciare l'omofobia e la violenza nei confronti delle persone LGBTQ+.

Questi sono solo alcuni esempi della cronaca di omofobia, che dimostrano la persistenza della discriminazione.

È importante che le autorità e la società nel suo complesso prendano provvedimenti per proteggere le persone LGBTQ+ dall'omofobia e per promuovere l'uguaglianza e la tolleranza nei loro confronti.

Il disegno di legge Zan è una proposta di legge italiana presentata nel 2019 che mira a rafforzare la tutela contro le discriminazioni basate su orientamento sessuale, identità di genere e disabilità. Il ddl Zan ha come obiettivo principale quello di contrastare l'omofobia e la transfobia, prevedendo sanzioni più severe per i reati di odio motivati da orientamento sessuale o identità di genere.

In particolare, il ddl Zan introduce il reato di "istigazione alla violenza o alla discriminazione" basato su orientamento sessuale o identità di genere, prevedendo pene più severe per questi reati rispetto a quelle attualmente previste.

La proposta di legge è stata al centro di un acceso dibattito in Italia, con posizioni contrastanti che vanno dal pieno sostegno da parte di molti attivisti LGBT e gruppi per i diritti umani, alla forte opposizione da parte di alcuni esponenti della Chiesa cattolica e dei partiti politici di destra.

Il ddl Zan rappresenta un importante passo avanti per la tutela dei diritti delle persone LGBT in Italia e per la lotta contro l'omofobia e la transfobia, ma la sua approvazione definitiva è ancora incerta a causa della forte opposizione di alcune forze politiche e religiose.

L'omofobia è una forma di discriminazione e violenza che continua a essere un problema globale. La creazione di leggi come il DL Zan in Italia e l'adozione di politiche a livello internazionale per prevenire e combattere l'omofobia sono importanti passi verso una società più inclusiva e rispettosa. Tuttavia, è importante che queste leggi vengano attuate e applicate in modo effettivo, e che la società si unisca nella lotta contro l'omofobia per garantire pari diritti e rispetto per tutte le persone, indipendentemente dall'orientamento sessuale o identità di genere.

Tema sul razzismo

Spezzare le catene del razzismo

Il razzismo è un fenomeno sociale che consiste nella discriminazione di una persona o di un gruppo di persone sulla base della loro razza o etnia. Questo comportamento è basato sulla falsa credenza che alcune razze siano superiori ad altre.

Nel corso della storia, il razzismo ha avuto un impatto devastante sulla vita delle persone che ne sono state vittime, causando sofferenze, emarginazione e violenza.

Nonostante ciò, ci sono state molte persone che si sono spese per la lotta contro il razzismo e per la promozione della giustizia e dell'uguaglianza. Uno di questi personaggi è Nelson Mandela, leader politico e attivista sudafricano che ha lottato contro l'apartheid in Sudafrica.

"La discriminazione razziale è un virus che distrugge la pace e l'unità di una nazione" così diceva Mandela, ed è proprio vero.

L'apartheid era un sistema di discriminazione razziale che segregava i sudafricani in base alla loro razza, negando loro i diritti e le opportunità che erano riservati ai bianchi. Nelson Mandela è stato una figura di spicco nella lotta contro l'apartheid e ha trascorso 27 anni in carcere a causa delle sue attività politiche. Dopo essere stato liberato, Mandela ha continuato la sua lotta per la giustizia e l'uguaglianza, e nel 1994 è diventato il primo presidente nero del Sudafrica. Durante il suo mandato, ha lavorato per promuovere la riconciliazione tra i sudafricani di diverse razze e per la costruzione di una società più giusta e inclusiva. Nelson Mandela è stato un esempio per tutti noi di come la perseveranza e la determinazione possano portare a cambiamenti significativi e duraturi nella lotta contro il razzismo e per la promozione della giustizia e dell'uguaglianza.

Oggi il razzismo continua a manifestarsi in molte forme, come il razzismo sistemico, il razzismo istituzionale e il razzismo individuale. Il razzismo sistemico è presente in molte istituzioni, come la giustizia, la polizia e l'educazione, dove le persone di colore sono sistematicamente discriminate e private dei loro diritti. Il razzismo istituzionale è la forma di razzismo che è incorporata in molte istituzioni e pratiche sociali.

Per combattere il razzismo, è importante sensibilizzare la società e promuovere una maggiore comprensione e tolleranza verso le diverse culture e le diverse razze. Questo può essere fatto attraverso la formazione, la sensibilizzazione e la promozione della diversità.

Occorre lavorare per garantire l'uguaglianza di diritti e opportunità per tutte le persone, indipendentemente dalla loro razza o etnia. Questo può essere fatto attraverso la creazione di politiche e programmi che affrontano le cause profonde del razzismo e promuovono l'uguaglianza e la giustizia sociale.

Infine, è importante anche impegnarsi personalmente nella lotta contro il razzismo. Questo può significare impegnarsi in attività di sensibilizzazione e formazione, ma anche impegnarsi a non tollerare il razzismo e a condannare gli atteggiamenti e le azioni razziste.

La lotta contro il razzismo richiede l'impegno e la determinazione di tutti noi. Dobbiamo lavorare insieme per creare una società più giusta e inclusiva per tutti, indipendentemente dalla loro razza o etnia.

Tema sulla povertà

"La lotta alla povertà: un'impresa globale"

La povertà è una delle più grandi sfide che affrontano la società umana. Ci sono molte cause di povertà, tra cui la disuguaglianza economica, la mancanza di opportunità, la crisi finanziaria e la mancanza di istruzione e formazione. In questo tema, esploreremo la questione della povertà in relazione alla questione meridionale, al terzo mondo e all'imperialismo e al colonialismo.

La questione meridionale si riferisce alla disuguaglianza economica e sociale tra il Nord e il Sud Italia. Questa disuguaglianza è stata amplificata dalla presenza di una serie di fattori, tra cui la mancanza di investimenti e opportunità nella regione meridionale e la massiccia emigrazione verso il Nord. La questione meridionale ha creato una situazione in cui la povertà e la disoccupazione sono elevate, mentre le opportunità di crescita economica sono limitate.

Il terzo mondo, o i paesi in via di sviluppo, rappresenta una sfida ancora più grande per quanto riguarda la povertà. Questi paesi sono spesso caratterizzati da bassi livelli di istruzione, mancanza di risorse naturali e infrastrutture insufficienti, che rendono difficile lo sviluppo economico. La povertà nel terzo mondo è spesso legata all'imperialismo e al colonialismo, in cui i paesi più ricchi hanno sfruttato le risorse dei paesi in via di sviluppo per arricchirsi.

L'imperialismo e il colonialismo sono state pratiche storiche in cui i paesi più potenti hanno sfruttato le risorse e la manodopera dei paesi più deboli per arricchirsi. Questo ha avuto un effetto negativo sulle economie dei paesi sfruttati, lasciandoli con una povertà endemica e una disuguaglianza economica che persiste ancora oggi.

La povertà ha un impatto negativo sulla salute, l'istruzione e il benessere della popolazione. Ad esempio, le persone che vivono in povertà sono più propense a soffrire di malattie, a non avere accesso a cure mediche adeguate e a vivere in condizioni igieniche precarie. Questo può portare a una spirale di povertà intergenerazionale, in cui le future generazioni non hanno le stesse opportunità di successo a causa delle condizioni di vita precarie dei loro genitori.

L'istruzione è un altro fattore chiave per combattere la povertà. La povertà limita l'accesso all'istruzione, il che significa che le persone che vivono in povertà non hanno le stesse opportunità di acquisire conoscenze e competenze per trovare lavoro e guadagnare un reddito adeguato. Ciò rende difficile per loro uscire dalla povertà e migliorare le loro condizioni di vita.

Per affrontare queste sfide, è importante che le comunità, i governi e le organizzazioni internazionali lavorino insieme. Ad esempio, i governi possono investire in programmi di istruzione e formazione per aiutare le persone a uscire dalla povertà, e le organizzazioni internazionali possono fornire assistenza finanziaria e tecnica per sostenere lo sviluppo economico nei paesi in via di sviluppo.

Inoltre, è importante sensibilizzare la società sull'importanza di combattere la povertà. Questo può includere campagne pubbliche e attività di volontariato per sostenere le comunità colpite dalla povertà, e la promozione di valori come l'uguaglianza e la giustizia sociale.

In definitiva, combattere la povertà è una sfida enorme che richiede un impegno globale e un lavoro di squadra. Tuttavia, con un impegno costante e una forte volontà politica, è possibile ridurre la povertà e creare un mondo in cui tutti hanno le stesse opportunità di successo e benessere.

Tema sull'identità

"La ricerca dell'identità: tra tradizione e modernità"

L'identità è un elemento fondamentale della nostra esistenza, che determina come ci percepiamo e come gli altri ci percepiscono. Essa è influenzata da molteplici fattori, tra cui la cultura, la famiglia, l'educazione e le esperienze personali.

La tradizione ha sempre svolto un ruolo importante nella formazione dell'identità, poiché ci fornisce una serie di valori e di credenze che sono state trasmesse di generazione in generazione. Tuttavia, l'influenza della tradizione sta diminuendo a causa dell'accelerazione del cambiamento sociale e della globalizzazione.

Da un lato, la modernità ci offre la possibilità di esplorare nuove identità e di sperimentare nuove forme di espressione, ma dall'altro, essa può anche generare confusione e incertezza. La tecnologia e i media ci esporranno a molteplici influenze che possono avere un impatto sul modo in cui percepiamo noi stessi e gli altri.

L'identità è un processo in continua evoluzione e la sua ricerca richiede una riflessione profonda sui nostri valori e sui nostri desideri. La comprensione di chi siamo e delle nostre radici culturali ci aiuterà a costruire una identità forte e coerente che ci permetterà di affrontare le sfide della vita con maggiore consapevolezza e determinazione.

L'identità è un elemento vitale che ci aiuta a capire il nostro posto nel mondo e a costruire relazioni sane e significative con gli altri.

La ricerca dell'identità è un viaggio continuo che ci porta a scoprire nuovi aspetti di noi stessi e del mondo che ci circonda. È una tematica affrontata spesso nella letteratura, come ad esempio nell'opera "Il Conte di Montecristo" di Alexandre Dumas. Il protagonista, Edmond Dantès, subisce una grave ingiustizia e viene imprigionato in seguito alla calunnia di alcuni invidiosi. Durante la sua detenzione, Edmond incontra l'abate Faria, che gli insegna molte cose e gli dona un tesoro. Quando Edmond finalmente fugge dalla prigione, assume l'identità del Conte di Montecristo e utilizza il suo nuovo potere e ricchezza per vendicarsi di coloro che lo hanno ingiustamente accusato.

Questa trasformazione rappresenta una lotta interna per trovare se stesso e per definire la propria identità.

L'identità è un concetto complesso e multidimensionale che riguarda l'essere umano sia a livello personale che sociale. La formazione dell'identità avviene attraverso un processo di costruzione identitaria che inizia fin dalla nascita e continua per tutta la vita.

L'identità personale comprende elementi come il nome, l'età, il sesso, la cultura, la religione, l'educazione e le esperienze personali. Questi elementi influenzano la formazione dell'identità personale e la definiscono.

L'identità sociale, invece, è influenzata dalle relazioni che l'individuo ha con gli altri, come la famiglia, gli amici, i gruppi sociali, la comunità, la cultura e la società in generale. Queste relazioni e interazioni contribuiscono alla formazione dell'identità sociale.

La costruzione dell'identità è un processo dinamico e in continua evoluzione che può essere influenzato da eventi significativi della vita, come il cambiamento di lavoro, il matrimonio, la nascita di un figlio, la perdita di una persona cara e così via.

Nella società attuale, l'identità viene spesso definita dalla tecnologia e dai mezzi di comunicazione, che forniscono una piattaforma per esprimersi e condividere la propria identità con il mondo.

In poche parole è un concetto fondamentale che riguarda l'essere umano e la sua relazione con se stesso e con il mondo che lo circonda. La formazione dell'identità è un processo continuo e dinamico che influisce sulla vita dell'individuo e lo aiuta a definirsi e a comprendere il suo posto nel mondo.

Tema sulla globalizzazione

"La globalizzazione: opportunità e sfide per un mondo interconnesso"

La globalizzazione è un fenomeno che ha cambiato profondamente il mondo in cui viviamo, caratterizzato da una crescente interconnessione e interdipendenza tra i paesi. La globalizzazione ha avuto un impatto significativo sul commercio, sulla cultura, sulla tecnologia e sulla politica.

Da un lato, la globalizzazione ha portato a un aumento della ricchezza, della crescita economica e della creazione di nuove opportunità di lavoro e di business. Ha anche favorito la diffusione di nuove tecnologie e di informazioni, rendendo più facile per le persone connettersi e collaborare a livello globale.

D'altro canto, la globalizzazione ha anche creato nuove sfide e preoccupazioni, tra cui la disuguaglianza economica e sociale, la perdita di posti di lavoro e la minaccia alla diversità culturale. Inoltre, l'aumento della competizione a livello globale ha spinto molte imprese a tagliare i costi, spesso a discapito dei lavoratori e dell'ambiente.

Per affrontare queste sfide, è importante che i governi, le imprese e le organizzazioni lavorino insieme per sviluppare politiche e pratiche sostenibili che promuovano la crescita economica e sociale equa a livello globale. Inoltre, è importante che le persone siano educate sui rischi e i benefici/vantaggi della globalizzazione, in modo da essere in grado di partecipare attivamente alla costruzione di un futuro più equo e sostenibile.

La globalizzazione è un processo storico e sociale che ha avuto inizio a partire dal XV secolo, ma che ha conosciuto un vero e proprio boom negli ultimi decenni, grazie all'avvento delle nuove tecnologie della comunicazione e dei trasporti. Questo fenomeno ha comportato una crescente interdipendenza tra i paesi del mondo e ha permesso lo scambio di beni, servizi, idee e culture.

Tuttavia, la globalizzazione ha anche generato molte sfide e problemi, tra cui la disuguaglianza economica, la perdita di posti di lavoro e la crisi ambientale. Molti critici sostengono che la globalizzazione stia peggiorando le condizioni di vita per le classi più povere e svantaggiate, contribuendo a creare una economia globale basata sulla povertà e sullo sfruttamento.

D'altra parte, molti sostenitori della globalizzazione affermano che essa stia portando una maggiore prosperità e crescita economica a molte nazioni, oltre che a favorire lo sviluppo delle economie emergenti.

Il tema della globalizzazione è complesso e controverso, e c'è ancora molto da discutere e da capire sui suoi effetti sulla società e sull'economia globale. È importante continuare a esaminare i suoi effetti, sia positivi che negativi, e a cercare di trovare soluzioni eque e sostenibili per affrontare i problemi che essa sta generando.

Anche perché non tutti sono d'accordo, I No Global sono stati un movimento di protesta che si è sviluppato all'inizio del nuovo millennio, in risposta all'aumento delle disuguaglianze e delle ingiustizie sociali causate dalla globalizzazione. Questo movimento ha attirato l'attenzione sulla necessità di regolamentare e controllare gli effetti negativi della globalizzazione sulla popolazione, soprattutto in termini di diritti umani, ambiente e economia.

La globalizzazione è un processo complesso che comporta sia opportunità che sfide per tutti i paesi coinvolti. La globalizzazione ha un impatto significativo sull'economia, la cultura e il modo di vita di molte persone. Tuttavia, ci sono anche preoccupazioni legate alla globalizzazione, come la perdita di posti di lavoro e la disuguaglianza economica. I movimenti No Global rappresentano una voce critica che sottolinea questi rischi e cerca di promuovere una globalizzazione più equa e sostenibile. La sfida per il futuro sarà quella di trovare un equilibrio tra la crescita economica e la protezione dei diritti umani, del lavoro e dell'ambiente. Una risposta globale coordinata e una maggiore consapevolezza sono fondamentali per affrontare le sfide della globalizzazione e garantire un futuro più equo e sostenibile per tutti.

Tema sulla lotta partigiana

"Eroi della libertà"

Il tema della resistenza partigiana durante la seconda guerra mondiale rappresenta uno dei periodi più controversi e significativi della storia moderna. La lotta contro il nazifascismo e la difesa della libertà e della democrazia ha visto l'impegno di una moltitudine di persone, da semplici cittadini a intellettuali e combattenti, che hanno dato vita a un movimento di resistenza partigiano.

Durante gli anni della guerra, molti gruppi partigiani hanno operato in diversi Paesi europei, tra cui Italia, Francia e Jugoslavia, combattendo contro le forze naziste e fasciste e lavorando alla liberazione del loro Paese. In Italia, ad esempio, la resistenza partigiana ha preso forma nelle formazioni della Brigata Garibaldi, della Brigata Matteotti e della Brigata Osoppo, che hanno condotto azioni contro i nazifascisti e hanno contribuito alla liberazione del Paese.

Una delle avventure più notevoli della resistenza partigiana italiana è rappresentata dalla Battaglia di Monte Sole, durante la quale un gruppo di partigiani combatté contro le forze nazifasciste e liberò la città di Marzabotto. Questa battaglia rappresenta un esempio della determinazione e del coraggio dei partigiani che hanno combattuto per la libertà e la democrazia.

Nonostante le importanti imprese della resistenza partigiana, il movimento ha anche suscitato molte controversie e polemiche, sia durante la guerra che negli anni successivi. Alcune questioni riguardano la natura del movimento stesso, con alcuni sostenitori che lo descrivono come un esempio di eroismo e altri che ne mettono in discussione la legittimità e la rappresentatività.

In ogni caso, la resistenza partigiana rappresenta un momento fondamentale della storia moderna, che ha segnato la fine della seconda guerra mondiale e ha contribuito alla nascita e allo sviluppo della democrazia in Europa. La memoria di questo movimento è stata conservata e tramandata nel corso degli anni, come esempio di coraggio, determinazione e amore per la libertà.

La resistenza partigiana ha rappresentato un momento importante nella storia italiana. I partigiani hanno lottato contro il regime fascista e contro l'occupazione tedesca durante la Seconda Guerra Mondiale. Essi hanno rischiato la vita per difendere i propri ideali e la libertà del proprio paese.

Un esempio di resistenza partigiana è rappresentato dalla Brigata "Garibaldi", una delle più famose formazioni partigiane. Questa unità è stata attiva nella zona delle Alpi Marittime, combattendo contro le truppe tedesche e contro la repressione fascista. I partigiani della Brigata "Garibaldi" hanno portato avanti azioni di sabotaggio e di guerriglia, cercando di indebolire il potere del regime.

Un'altra figura importante della resistenza partigiana è rappresentata da Sandro Pertini, futuro Presidente della Repubblica Italiana. Pertini ha partecipato attivamente alla lotta partigiana, partecipando a diverse azioni di sabotaggio e di guerriglia.

Nonostante il coraggio e la dedizione dei partigiani, la lotta partigiana è stata spesso controverso. Alcuni sostengono che i partigiani abbiano rappresentato un importante fattore di stabilizzazione del paese, mentre altri sostengono che la lotta partigiana abbia comportato violenze e abusi.

In conclusione, la resistenza partigiana è un momento importante della storia italiana che rappresenta il coraggio e la dedizione dei partigiani nella lotta per la libertà e la democrazia. Tuttavia, la lotta partigiana è anche stata controversa, con opinioni contrastanti sulla sua importanza e sulle sue conseguenze.

Tema sull'amicizia

"La vera amicizia: riflessioni tra letteratura e vita quotidiana"

L'amicizia è uno dei valori più importanti nella vita umana, e da sempre la letteratura ha esplorato questo tema in molte delle sue opere. Uno dei romanzi più famosi che tratta l'argomento dell'amicizia è "L'amico ritrovato" di Fred Uhlman, che racconta la storia di due amici, Hans e Reiner, che crescono insieme in una piccola città tedesca. La loro amicizia è forte e sincera, ma viene messa alla prova dalla montante tensione politica del periodo e dalle differenze tra le loro famiglie. Nonostante queste difficoltà, i due amici continuano a supportarsi l'un l'altro, dimostrando che l'amicizia vera è in grado di superare ogni ostacolo.

In "L'educazione sentimentale" di Gustave Flaubert, l'autore esplora l'evoluzione dell'amicizia attraverso il personaggio di Frédéric, che incontra e si lega a vari personaggi nel corso della sua vita. Queste amicizie lo aiutano a crescere e a sviluppare una maggiore comprensione del mondo e delle persone intorno a lui.

Tuttavia, alcune delle sue amicizie si dissolvono a causa delle pressioni sociali e dei cambiamenti nella sua vita, mostrando la delicatezza e la fragilità delle relazioni umane.

Nell'opera "L'urlo e il furore" di William Faulkner, la relazione tra il narratore e il personaggio di Quentin Compson esemplifica l'importanza dell'amicizia nel dare significato alla vita. Quentin si affida alla sua amicizia con il narratore come fonte di conforto e supporto durante i momenti più difficili della sua vita. Questa relazione profonda e significativa rappresenta il valore duraturo dell'amicizia nella vita umana.

L'amicizia è uno dei legami più forti e duraturi che possiamo formare nella vita. È un rapporto basato sulla confidenza, la lealtà, l'empatia e il supporto reciproco. La letteratura ci offre molte rappresentazioni di amicizie indimenticabili, che spesso diventano esempi per noi.

Nella letteratura classica, l'amicizia è stata celebrata come una delle forme più elevate di amore, come la amicizia tra Omero e Alessandro Magno o quella tra David e Jonathan nella Bibbia. Nella letteratura moderna, l'amicizia è stata rappresentata in molte forme diverse, dalla solidarietà tra due donne in una società oppressiva ne "Il Secondo Sesso" di Simone de Beauvoir, alla lealtà tra due uomini durante la guerra in "Il vecchio e il mare" di Ernest Hemingway. Inoltre, l'amicizia è spesso rappresentata come un mezzo per aiutare i personaggi a superare difficoltà e prove della vita. Nel "Piccolo Principe" di Antoine de Saint-Exupéry, l'amicizia tra il piccolo principe e il pilota diventa una fonte di consolazione e guida per entrambi. Nel "Grande Gatsby" di F. Scott Fitzgerald, l'amicizia tra Nick e Gatsby aiuta Nick a comprendere la natura complessa e tragica del suo amico.

In ogni forma, l'amicizia è rappresentata come una parte importante e significativa della vita umana. Ci offre conforto, sostegno e opportunità di crescita e di sviluppo personale. In un mondo incerto e pieno di sfide, l'amicizia ci aiuta a mantenere la speranza e la forza per andare avanti.

Tema sull'amore

"L'Amore tra Letteratura e Cinematografia: un Viaggio Senza Fine"

L'amore è uno dei temi più ricorrenti nella letteratura e nel cinema. Da sempre, scrittori e registi hanno esplorato le molteplici sfumature e i diversi aspetti di questo sentimento, dalle sue più profonde emozioni alle sue complessità e contraddizioni.

Nella letteratura, l'amore è stato rappresentato in molte forme e modi, dalla poesia alla prosa, dalla commedia alla tragedia. Opere come "Romeo e Giulietta" di William Shakespeare e "Madame Bovary" di Gustave Flaubert sono esempi di come l'amore sia stato usato come mezzo per esplorare le relazioni umane, la passione e il dolore.

Anche il cinema ha contribuito a plasmare la percezione dell'amore attraverso molte opere famose. Film come "Colazione da Tiffany" e "La La Land" esplorano l'amore romantico, mentre "Brokeback

Mountain" e "Call Me By Your Name" affrontano l'amore omosessuale.

In entrambe le arti, l'amore è stato raffigurato come una forza potente che può plasmare la vita delle persone, ma anche come una fonte di sofferenza e di conflitti. Attraverso la letteratura e il cinema, abbiamo la possibilità di comprendere meglio i nostri sentimenti e le nostre relazioni, e di scoprire che l'amore è un viaggio senza fine.

La letteratura e il cinema ci offrono anche la possibilità di immergerci in mondi immaginari e di vivere storie d'amore attraverso gli occhi di personaggi immaginari. Questo ci permette di sperimentare emozioni intense e di apprezzare la bellezza dell'amore, indipendentemente dalla forma in cui si manifesta.

L'amore è uno dei temi più universali nella letteratura e nel cinema, e rappresenta una fonte inesauribile di ispirazione e di emozioni per artisti e spettatori di tutto il mondo.

L'amore è stato un argomento ricorrente nella letteratura e nel cinema sin dai loro inizi. Il concetto di amore è stato esplorato in molte forme, dall'amore romantico all'amore non corrisposto, dall'amore platonico all'amore familiare.

In letteratura, l'amore è stato rappresentato in molti modi diversi. Ad esempio, nei classici come "Romeo e Giulietta" di William Shakespeare o "Madame Bovary" di Gustave Flaubert, l'amore è stato ritratto come una passione intensa che può portare a conseguenze drammatiche. In altre opere, come "Orlando" di Virginia Woolf o "La recherche du temps perdu" di Marcel Proust, l'amore è stato rappresentato come una forma di ricerca personale e introspettiva.

Anche nel cinema, l'amore è stato un tema popolare. Dal romanticismo classico di "Colazione da Tiffany" a film più recenti come "La La Land" che esplorano la natura complessa dell'amore e delle relazioni, il cinema ha fornito molte opportunità per esplorare le diverse forme dell'amore.

In entrambe le arti, la rappresentazione dell'amore ha evoluto nel tempo, riflettendo i cambiamenti culturali e sociali. Tuttavia, il tema centrale dell'amore come un'emozione profonda e complessa che influenza la vita delle persone è rimasto costante.

Per quanto l'amore possa essere rappresentato in modo diverso nelle diverse forme d'arte, esso rimane uno dei temi più universali e interessanti da esplorare. La letteratura e il cinema hanno dato vita a molte storie d'amore che ci hanno fatto emozionare, riflettere e sognare. Inoltre, attraverso queste rappresentazioni, possiamo anche imparare molto sulla natura umana e sul modo in cui l'amore influenza le nostre vite.

In conclusione, l'amore è un tema che ci accompagna da sempre e che continuerà a essere rappresentato nella letteratura e nel cinema, offrendoci sempre nuovi spunti di riflessione e emozioni.

Tema su Mussolini

Il tramonto del fascismo

Benito Mussolini è stato un personaggio controverso della storia italiana e mondiale. Nato nel 1883, divenne il fondatore e capo del Partito Fascista Italiano e successivamente il primo ministro d'Italia nel 1922. Sotto la sua guida, l'Italia visse un periodo di riforme sociali e politiche, ma anche di repressione e controllo delle libertà individuali.

Mussolini è stato un oratore eccezionale e ha pronunciato molte dichiarazioni e discorsi che sono diventati famosi, come "Me ne frego" (Non me ne importa nulla) e "Il duce ha sempre ragione" (Il capo ha sempre ragione). Questi discorsi hanno rafforzato il suo potere e il suo controllo sulla popolazione italiana.

Durante il suo regime, Mussolini intraprese molte riforme economiche, tra cui la nazionalizzazione delle imprese e la costruzione di infrastrutture pubbliche, che hanno portato a un aumento del benessere economico in Italia. Tuttavia, queste riforme sono state accompagnate da una repressione della libertà di stampa e delle organizzazioni politiche e sindacali, nonché da un aumento della violenza nei confronti di oppositori e minoranze.

La partecipazione dell'Italia alla seconda guerra mondiale sotto la guida di Mussolini fu un disastro, e portò alla sua caduta e all'arresto nel 1943. Fu impiccato nel 1945.

Le opinioni sul regime fascista e su Mussolini sono state molto contrastanti nel corso degli anni. Alcune persone lo vedono come un leader forte e coraggioso che ha portato l'Italia fuori dalla crisi economica e ha fatto grandi progressi nella costruzione di infrastrutture pubbliche. Altri lo vedono come un dittatore spietato che ha soppresso la libertà e la democrazia e ha causato una guerra globale.

La Marcia su Roma nel 1922 fu un evento cruciale nella storia d'Italia e fu una delle prime manifestazioni di forza del Partito Fascista Italiano guidato da Mussolini. I fascisti marciarono sulla capitale per chiedere il potere, e con l'appoggio del re, Mussolini divenne il primo ministro d'Italia.

Giacomo Matteotti fu un politico italiano che criticò il regime fascista e le sue politiche repressive. Nel 1924, fu assassinato da membri del Partito Fascista, e il suo omicidio fu un punto di svolta nella storia italiana e contribuì alla repressione delle opposizioni politiche sotto il regime fascista, proprio per questa ragione fu rapito e ucciso dalle "camice nere".

Le leggi fasciste, tra cui la legge Acerbo del 1923 e la legge fascistissima del 1926, conferirono a Mussolini e al Partito Fascista il potere assoluto sulla vita politica e sociale del paese. Queste leggi furono utilizzate per sopprimere la libertà di stampa, di espressione e di organizzazione politica e sindacale.

L'alleanza tra l'Italia fascista e la Germania nazista guidata da Hitler fu stretta nel 1936 con la firma del Patto d'Acciaio. Questa alleanza portò l'Italia a entrare nella seconda guerra mondiale come alleato di Hitler.

Mussolini e il Partito Fascista avevano rapporti controversi con personalità culturali come Gabriele D'Annunzio e Luigi Pirandello. D'Annunzio, un scrittore e poeta, fu un sostenitore iniziale del fascismo, ma fu presto escluso dal movimento a causa della sua natura contraddittoria. Pirandello, un drammaturgo e scrittore, fu critico nei confronti del regime fascista e delle sue politiche repressive, tuttavia entrambi gli autori aderiranno al Manifesto degli intellettuali fascisti di Benedetto Croce.

La società italiana durante il regime fascista era fortemente controllata e disciplinata. Il regime aveva come obiettivo la creazione di una società omogenea, dove i valori fascisti erano quelli dominanti.

Per raggiungere questo scopo, vennero introdotte molte organizzazioni giovanili, come il Gruppo degli Avanguardisti e il Movimento dei Balilla, che miravano a educare i giovani italiani secondo i valori fascisti e a prepararli a diventare futuri soldati del regime.

Il regime utilizzò anche il cosiddetto "olio di ricino", un termine che si riferisce alla repressione del dissenso e alla brutalità con cui venivano trattati coloro che osavano sfidare il potere del regime. Lo si faceva bere ai prigionieri e causava forti dolori allo stomaco e all'intestino, il fine era quello di ottenere informazioni e confessioni.

Non possiamo dimenticare il ruolo che il fascismo ha avuto nella deportazione nei campi di concentramento, il regime ha promosso la discriminazione verso gruppi minoritari, come gli ebrei, i rom e gli omosessuali.

Anche se l'Italia non viene ritenuta come una delle principali responsabili della seconda guerra mondiale, non possiamo non considerare questi eventi terribili dettati dall'indifferenza della nostra stessa popolazione ad un eccidio senza precedenti.

È importante non dimenticare questi eventi del passato, per non ripetere gli stessi errori e per garantire che le violazioni dei diritti umani e le azioni illegali commesse durante la guerra siano ricordate e giudicate adeguatamente. La conoscenza della storia ci aiuta a comprendere i fattori che hanno contribuito a questi eventi e a creare un futuro migliore.

Tema su D'Annunzio

"L'alba splenderà ancora" – Un'introduzione a
Gabriele d'Annunzio, il poeta, scrittore e
avventuriero italiano

Gabriele D'Annunzio è stato uno scrittore, poeta, drammaturgo e politico italiano noto per la sua partecipazione attiva alla vita politica e culturale del suo tempo. Nato a Pescara nel 1863, D'Annunzio si è distinto per la sua attività letteraria e artistica, che ha influenzato la cultura e il pensiero italiano del XX secolo.

D'Annunzio ha pubblicato numerose opere di poesia, tra cui "Alcyone" e "La Pioggia nel Pineto", che hanno esplorato temi come la natura, l'amore e la vita spirituale. Ha anche scritto numerosi drammi, tra cui "Francesca da Rimini" e "La Figlia di Iorio", che hanno evidenziato il suo interesse per la vita umana e il suo talento per la rappresentazione teatrale.

La sua poesia è caratterizzata da uno stile elaborato e ricco di simboli, e il suo lavoro ha avuto un'influenza duratura sulla letteratura e sulla cultura italiana.

Possiamo considerarlo come il più noto *influencer* del Novecento, attento all'estetica, per molti il dandy italiano che vive di mondanità, a volte anche al limite delle sue possibilità economiche.

Oltre alla sua attività letteraria, D'Annunzio è stato una figura influente nella vita politica italiana. Durante la Prima Guerra Mondiale, ha partecipato a diverse azioni militari e ha svolto un ruolo attivo nella vita politica del paese. Nel 1919, ha guidato una spedizione contro la città di Fiume (ora Rijeka, Croazia), che ha portato all'occupazione della città per 15 mesi e alla creazione di una "Repubblica di Fiume" autoproclamata.

Proprio per questo ruolo e per l'influenza di cui godeva politicamente, Benito Mussolini intervenne per allontanarlo: in cambio di un assegno statale il poeta non avrebbe interferito con il fascismo.

La vita privata di D'Annunzio è stata altrettanto complessa e controversa. Ha avuto molte relazioni amorose, spesso con donne sposate o di età inferiore alla sua, e ha avuto numerosi figli da relazioni diverse. Ha anche sofferto di disturbi mentali e fisici, tra cui depressione e ipocondria, che hanno influenzato la sua vita e la sua produzione artistica.

Una delle relazioni più intense e significative fu quella con l'attrice teatrale Eleonora Duse, alla quale dedicò numerose opere letterarie. Lei era affascinata dalla personalità del poeta e allo stesso tempo vantava la sua posizione di donna indipendente e forte. I due collaborarono in diverse occasioni. È proprio lei la Ermione della lirica "La pioggia nel pineto".

La figura di D'Annunzio è ancora controversa e polarizzante. Da un lato, viene visto come un eroe nazionale, un uomo che ha difeso i valori e gli interessi italiani; dall'altro, viene criticato per il suo stile di vita opulento e i suoi atteggiamenti fascisti. In ogni caso, la sua figura e le sue azioni sono state molto importanti nella storia italiana del XX secolo.

Ingram Content Group UK Ltd.
Milton Keynes UK
UKHW020047210623
423745UK00014B/360

9 781447 854869